박지현 제3시집

상추에게

한누리
미디어

국립중앙도서관 출판시도서목록(CIP)

상추에게 : 박지현 제3시집 / 지은이: 박지현, -- 서울 : 한누리미디어, 2008
 p. ;   cm

ISBN 978-89-7969-320-1 03810 : ₩7000

한국 현대시[韓國 現代詩]

811.6-KDC4
895.715-DDC21   CIP2008001173

시의 창문을 열며

나는 식물과 채소들의 독특한 특성과 자라가는 모습을 세밀하게 관찰하는 버릇이 생겼다. 조그만 텃밭에 채소 농사를 지어 보았다. 애기 배추, 열무, 가지, 상추, 강낭콩, 쪽파, 쑥갓 등을 가꾸며 시도 때도 없이 자라나는 잡초를 뽑아내느라 많이 힘들었다. 그러나 수확기가 되어 자연산을 따서 반찬을 맛있게 해먹는 재미 또한 쏠쏠해서 그 다음 해에도 호미와 삽으로 땅을 파서 파종을 하곤 했다. 가장 농사짓고 싶고 사랑스러운 채소는 상추와 고추와 호박이었는데 그 중 상추를 최고로 선호해서 해마다 2번씩 상추씨를 뿌려 심는 작업을 계속했다.

그러던 어느 날 상추를 뜯으며 시상이 퍼뜩 떠올라 시를 써 나가기 시작했다. 한국인의 밥상머리에서 신선하고 흔하면서도 꼭 필요하고 인기가 많은 상추를 인생 이야기로 메타포하게 되었는데 뜻밖에 이 시가 대표시, 걸작시가 되었다. 이 시를 다듬고 또 다듬으며 다른 시도 애정과 뜨거운 마음을 쏟으며 작품을 수차례 추고했다.

이 시집을 통해 한국인의 정서가 다시 샘물되어 콸콸 넘쳐 흐르길 소망한다.

2008년 4월 박지현

2부 _ 사과나무 밭에 서면

3부 _ 비 뿌릴 때

4부 _ 빈 독 채우며

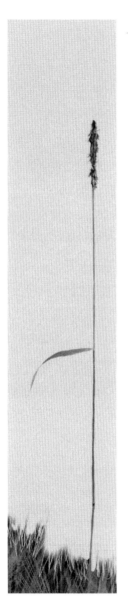

5부 _ 춤출 날에

6부 _ 뉴질랜드여

1부

쑥갓 밭에서

고사리 나물 무치며
남새밭에 물주며
미나리꽝에서
잡초도 할 말 있다
수박밭에서
풀꽃
민들레꽃
감자꽃에게
꿀벌에게
제비꽃
들판에서
밭농사
깻잎에게
남새밭
꽃봉오리
상추에게
쑥갓 밭에서
개망초꽃은

고사리 나물 무치며

신계사 옥류담 구룡폭포 가는 길
중간 중간 풍겨오는 구기자차 영지버섯 불로초
마른 고사리 파는 북한 아가씨
산 머리 계곡마다 철렁 살아나는 숨 죽인 소리
고사리 삶으며 매콤함도 함께 삶는 오늘
자연산 산채로 만난 해맑은 자리
온정리 마을 온천수 갖가지 색깔 내며 솟아나고
남긴 정 평양냉면 가닥으로 풀어내며
가까이서 들려오는 두 박자 화음
고사리 무치며
설레임도 한 줌 섞어 무치고
참기름 깨소금으로 끝마무리하는
쌉쌀한 손맛

남새밭에 물주며

그대 뒤뜰로 초대장 보낸 바람
흙이 뒤집어지고 잎새 한 장 버무려
올해도 농사하는 즐거움 선물로 받았네
아열대 풍랑 일어 딱딱해진 마디마다 울음 맺혀
상처 지난 새 살로 타오른 오후
짙푸른 물살 위로 달아오른
쑥갓 아욱 상추 근대 호박 고추들의 한 판 웰빙 연주회
물뿌리개 스치는 손길마다 살아나는 고갯짓
푸성귀들 관현악단 구멍 뚫려 여기저기 내뻗는 아우성
남새밭에 물주며 당신의 자녀 사랑 확인했지
목마른 자들 뱃속으로 흐르는 사막 속 물 한 병
부둣가 노예로 팔려간 벤허의 주인공에게
말없이 떠 준 물 한 바가지 팔딱팔딱 뛰어올랐어

미나리꽝에서

개구리는
개울물이 가장 아늑하고 편안하다
지렁이는
진흙땅이 제집이며 숨쉬기에 자연스럽다
우렁이는
논두렁 물이 깨소금 맛 쭉쭉
미나리는
물 속에서 묵직했던 가슴 씻는다

잡초도 할 말 있다

처음엔 눈길 한 번 주지 않았어
6월 산 속 지리산 흉년 소식 듣고
발 빠르게 둘러 본 밭길 논두렁길
너로 인해 밭두둑 먼지마저 지탱해 주고
산바람 강둑 흙먼지
땅 속 깊게 뿌리 내려 묵은 땅 기경하지
비바람 폭풍우에 씻겨 가는 피난처

결코 쓸모없는 존재 없고
너는 일등 선수 그리고 엑스트라

삶은 반응
축복으로 반응하고
때론 거친 폭풍으로 뻗어온다

너의 잃어버림이 나의 잃어버림 되고
너의 애통이 나의 애통 되네
너의 관심 또한 나와 일치하지
너의 흔들리는 꿈이 내 소망과 합해질 때

퍼져오는 메아리 한 마디
잡초도 할 말 있단다

수박밭에서

아들 딸 다 떠난 빈 자리에
수박씨 모종 떨어져
그게 내 운명이라고 탕탕 못 박았지
산골 지키는 감나무와 같이 친구 되었네
눈째 고약한 큰 개 빈 집 지키며
재산 불게 해준 새 순 그 열매 고마워
비닐하우스 속 열대야로 달아오른 몸뚱아리 식혀가며
냉탕 온탕 넘나들어도 존재 자체로 살맛나는
그 성질 안 변하며 여름 한 철 목마름 채우는
네 생김새 빛깔 향기 속성 그대로
서툴게 흔들거리는 여름 축제 한 마당

풀꽃

큰 바위 몸속 씨앗 한 알 떨어져
이것이 네 숙명인 줄 믿고
그 흔한 저항 한 마디 못하며
햇살 비바람 눈비 밥 먹듯 맞고도
살갗 벗겨내며 처자식 먹이며 새들 안식처로 내주었어
바위와 긴 대화로 그 몸에 붙어 살다
견딜 수 없는 왕따 폭력 시위로
밀어들 물살에 떠나 보낸 오후
그래도 수십 년 과부 안 되게 한 뜻 알아차리고
하늘 바라보며 악보 만들어 작사한 명곡
부를 날 안 놓치고 섬기며
나를 지키네 큰 산 뛰어 넘네
하늘만 보고 호탕하게 웃고 있네

민들레꽃

내가 낮아져 땅바닥까지 내려놓고
바람 시원한 날 당신 불러내었지
흔들린 사람들 가까이서 부르는 소리 못 듣고
한참 부대끼다
시들시들 멀어져 가더니
어느 날 들철쭉 소나무 사이로
내 존재 푸드득 살아나와
기나긴 날 기다린 몸 다시 고개 들었네

감자꽃에게

북한 굶주린 아이들 한 끼 식사로
여한 없다고 굴속 갇힌 신세였어라
동 트기 전 기지개 켜고 자전거 올라 타
새벽 기도로 한 알 한 알 익어가더니
유월에 그만그만한 소식 물고
하얗게 지샌 몸짓 흔들어대며
오늘 살아있음 거수경례로 주춤거리고

꿀벌에게

건널 수 있는 강 낯익은 울타리
꽃가지 자리마다 매캐한 연기 그을림
내 몸 일부임 받아들이고
가장 낮은 강가의 돌멩이로 구르다
우뚝 솟은 큰 바위 밑으로 잠들었느냐
그 밑바닥으로
메마른 땅 새들 쪼아 먹는 가문비나무 행렬

제비꽃

수만 가지 생각 속에서
소풍 나온 제비꽃아
은유로운 비린 냄새 퍼지면
길가에서 숫구쳐 나오는 자작시 선율
동굴 속 뼈대 붙고 굳은 살 배긴 세포 구멍
하나씩 하나씩 열리네
그대 아니면 살 대책 없는
과수원 뿌리 곧게 내리뻗은 울타리

들판에서

들은 풀꽃 나무 벼메뚜기 개구리 품어주나
움켜쥐려 하지 않고
새 꽃 다시 피고 질 때
숲 이루고 벌레 둥지 지어가네
산도 제 몸뚱이 묶어두지 않아 언제고 배부른 강 출렁대고
산짐승 들짐승 아늑히 몰려 와 웅덩이 몸 던지고
갖가지 나무줄기 뻗어 드디어 또 하나의 산 되는
새들 마음껏 날개치는 저 파란 하늘 비워두는
우리의 자그만 손 손

밭농사

오늘 낮에 무밭 옆에 돌산 갓씨 심고
저녁엔 고추밭 사이사이 풀을 뽑았다
밤엔 마당서 반쯤 열린 마음으로 반달 보며
옆 대문 지키고 서 있는 깻잎 머리 쓰다듬어 주고
시들어가는 잎 걸러 주었지
고가 앞마당 잔디 패이고 고양이도 밤잠 달래는 담 귀퉁이
낮에도 빈 집이고 밤엔 호박넝쿨 지키고 섰지만
흙은 흙대로 나는 나대로 멍청히 하늘만 볼 것인가

깻잎에게

손바닥만한 텃밭에 뿌려 본 깻잎씨
자연산 햇빛 비 쏘이더니 새 순 돋아나
너의 이름은 쓴 소리 뒤 단맛
어릴 적 이 밭 저 밭 다니며
깻잎 김치 담그던 가난한 어머니 손
제 빛 제 향으로 미덥게 해로하네
벌레 잡초 뽑아내며 흙두둑 밟아주고
뿔난 여름 뒷걸음치더니 이내 함박웃음이다
흘러드는 장맛비 흙탕물 뒤집어써도
설레는 웃음으로 한 몸짓하는
네 순한 몸부림이여

남새밭

밟힐수록 고개 쳐드는 자여
너로 인해 봄 소식 담뿍 받은 잎새마다
먹거리로 바뀌어
푸른 소리 지르며 살아 걸어 나오는
시금치 상추 호박 무밭 언저리
낙엽도 뒤척이지 않는 땅 속에서
꿈틀대며 이마 싸움하는
저 잘 나가는 신바람 나는 장사

꽃봉오리

연둣빛 산 위에 올라 보면
등나무 꼬인 등살에도 잎은 뻗어 나오고
가지는 차차 굵어지며 꽃은 사그러지지
삭발한 플라타너스의 긴 데모 행렬
산다는 건 꽃봉오리 생리를 받아들이는 일
한 순간 퍼져 나갈 축제의 밤
생일 잔치 뒤 뒷설거지하는
허리 굵어진 나무 몸통

상추에게

언제부터인가 너도 모르는 새
익숙한 우리들 밥상머리
사철 찾고 싶은 새초롬한 친구야
수다스런 여름날 온 식구 모여들면
그댄 벌써 소설 한 권이다
수풀 위로 새 날개 단 멧새의 산울림
푸르고도 먹음직하게만 커서 달리고 싶었어
나 하나 접어 그대 몹시 기뻐하는
오늘의 매콤한 조선고추장의 메시지
햇빛 사납게 떨어지는 흙무더기라지만
조금도 성급할 것 없는 새 순들의 잔치
작은 물살로도 빈 가슴 그득 출렁이는
우주 한아름 두 팔로 껴안아보는
네 주름진 가난한 잎새 사이로

쑥갓 밭에서

쑥갓씨 뿌리며 물씬한 네 향기
기둥마다 깃발 세워 퍼져 나간 응원가
아니 잔주름 펴는 사이로
빈 가슴 읽어낸 한 편 잘 짠 동화
별 보기 전 어둠에 먼저 와 눈에 익게 하고
그대 곳곳에 맛깔나는 솜씨로 입맛 돋굴 때
독특한 내음 지닌 몸으로 살아있구나
쓰다 하면 쓴 대로도 빙긋 웃음 흘리며
나도 뒤섞여 네 향기로 살고픈
펄펄 끓어오른 팔뚝 살도 억세게
쑥갓 뜯으며 된장에 싸고 찌개에 섞으며
나만의 색다른 손 내주신 당신 마음껏 떠올렸네

개망초꽃은

홍수에 지구 한 귀퉁이 떨어져 나가도
성난 반역의 역사 일으키지 않았네
서늘한 풀벌레 소리 축가로 신방 차릴 때
저 혼자 흔들거리다 풍선도 날려 보고
사람들 발자국 뜸한 곳에서나
안면도 꽃지 해수욕장에서도
생긴 모습 그대로 오똑하니 자라났지
꽃바람 잦아든 오후 먼 발치서
눈동자 하나 떼지 아니 하고
머릿결 날리던 당신
이웃집 넝쿨장미 부활한 등꽃마저
눈길 한 번 주지 않고 있는 그대로
태풍 안고 물사태 한아름 받아내는 그대
익을 대로 익어 손사래 치면
잎새와 줄기 가지들의 그 흔한 넋두리

2부

사과나무 밭에 서면

나무야

하나의 눈짓으로 살아가면서
들녘 밭둑 한 귀퉁이에서도 향기 풀어내는
내 이름 찾게 하소서
가로막힌 벽 밟힌 잡초
어느새 문 되고 길 열리고
가지 잎 뿌리마저 속삭이면서
밭고랑 너머로 멀찌감치 뻗치면
벽도 뚫고 밀치며 다시 넘어
몸 풀 때마다 비바람 속에서
꿈틀거리며 꼿꼿이 살아날 때
못생긴 모습대로 끌어안는 불빛 가슴
산 속 냇가 신작로에 박혀 있어도
돌멩이 비벼 보듬어 만드는 뜨락으로
나 비상하는 날 있노라
걸쭉한 큰 건더기로 남게 하소서

문의중학교에서

대청호 갈대밭 사이사이
그때 그 시퍼런 물살 위로
낮잠 자던 흰 뺨 청둥오리 한 쌍
청원군 문의면 문의중학교에는
아직도 아이들 재잘거리는 호수끼리 부딪치는 소리 들려오네
아기 아빠 엄마 되어 찾아올 때에도
교정 벤치 안은 언제나 등나무 살 오르는 소리
한 술 더 뜨는 산수유 한 그루
왁자한 소문 바위틈으로 번져 오면
문의는 또 다시 떠날 채비하느냐

설악산 돌멩이

그곳에 가서 비로소 산 되는 법 알았네
물 되는 법도 얹혀 왔지
그대로 흐르는 물줄기 속 순리 터득하고
먼 산 바라보며 굳게 박힌 바위
구르는 돌멩이 바람 한 자락 되어 말씀하고 있네
나를 깎아내리며 빚으며 둠벙 된 쌓인 대화
깜짝 놀란 버들치 허리 굽혀 귀 기울이면
동양화 산수도 수묵화로 채색된 몸 굵어가고
기기묘묘 색상 자태 작품되어 건지는
또 하나 탄생한 돌 숲 이야기
바람도 순도 높여 물빛과 합류하니
덧칠한 자국
그대 닮은 걸작품 되는 꿈 하나 말아 먹고 왔지

가로수는

그 자리서 나고 죽어도 다시 꿈틀거리며
뒤뚱거리던 하늘 한 자락에 매달리다
내 이름자 그대로 몽땅 흙 속에 묻히고
새는 두 날개 퍼득이며 헐떡이며 살아가고
나는 어깻죽지 오지랖 넓게 펼치며 버둥대고 산다네

은행나무 아래서

겨울 독감을 누가 주사바늘로 다스린다는 거냐
은행나무 아래 줄줄이 선 경로당 행렬
물 빠질까 안절부절하는 기색도 없이
바다는 덮쳐오는 바람도 큰 가슴으로 부둥켜안고

내가 묻혀 사슴벌레 꿀벌에게 생명 신장되는
태풍마저 손발 떨며
몇 번 건너뛰는 사이
격한 공기 녹고 지구 오존층마저도 순환된다

그 그늘 따라 내려가면
나를 내려놓으라는 속삭임 들리고
고향 만져보는 패션감각
남들 안 입어보는 너만의 맛 멋 그리고 덕담 한 마디

가시

잘 나가는 단풍나무도 얼음 얼어
혼자 일어서지 못할 때
산과 시내로 흘러 병풍 되어 주며
동해 넘보고 있었네
그늘진 몸 한 켠 살로 채우고
뼈 강해질 즈음 해묵은 책 펼쳐들던 당신
그 틈새로 바람 한 줄기 들어와
내 육신은 허물어지기 시작했지
빗방울 한 점으로도 으스스 떨리던 가지
다리 부러지고 잎새 바래진 네 핏줄까지
당신은 더 나를 버리고 비우는 자리
어느새 둘러싸고 앉은 새소리 합창에도
흙도 녹이고 하늘도 울게 하였지
당신으로 인해 내 속살은 핏기 돌기 시작했지

산과 바다와 나무

산과 바다와 나무들이
매일 아침 내 창문 열고 뭐라 지껄인다
따로 국밥으로 지낸
산은 산대로 할 말이 있다고 침묵으로 말하고
바다는 바다 특유의 의성어를 내면서
파도타기로 격렬해졌지
나무는 초록으로 제 빛깔 드러내며
향기도 때마다 다르게 뿜어냈지
할 일이 많아서
재주가 다르다고
있는 모습 그대로 받아달라며 칭얼거리던 진한 눈빛
나도 내 자리에 뿌리 내리자고 열변 토했지
그들이 하는 말 받아 적기 시작했어
태풍 몰아치고 배 띄울 채비할 때
바람이 던진 한 말씀
"내 속에 박힌 가시 하나 뽑아 주소서"

사과나무 밭에 서면

오창면 구도로 외진 텃밭
내 몸 구석구석 가지 뻗고
구멍도 나 있었네
구약성경에도 핀 꽃내음
아담 하와가 유혹에 걸린 나뭇가지
겨울날 거기 서성여 보면
그때 그 이야기 땅 깊은 데서 삐져나오고
하늘가로 넓게 퍼진 팔뚝
등뼈 허벅지 허옇게 드러나네
기둥 낡아 헤어진 틈새
속바람 치맛자락 날리며 들어와
둥지 튼 산새 다시 흔드는 등살
비로소 가쁜 숨 몰아쉬었지

고향땅에서

금강이 살아났다는 소문
양산팔경 아직도 이리저리 팔 쭉쭉 펴는데
장가간 조카들 단풍나무 제자리 밟고 개미뻘 되었더라
뱃사공 노래 배 저어 가던 길
지금도 환청 되어 더 선명하게 적셔주네
양산가로 퍼진 육송들의 물살
강가 비친 나무빛 산빛 바위 형상으로 되살아나
창조의 능력 그 섬세한 조각품
문향의 숲으로 환성지르고
조각공원으로 우뚝 솟은 공간
황순원의 '소나기' 영화 촬영지에서
그때 그 주인공 살아 튀어나오고
시인으로 살아간 길 또한 고향 흙 밑거름되어 섞었기 때문인가
고향 강물 나를 부르네
어서 오라 손짓하네
나무 몸통 비틀어 어서 초록물 몸 담그라고 발목잡네

송호리 땅

신라 백제의 치열한 싸움 속에서도
얼음 뚫고 자란 나무 있어
피눈물 쏟아낸 자리마다 비목 심은 선비
4백 년 뒤 송림 울창하더니 비와 구름 머물다 떨어뜨린
새들 찬미 속으로 땀방울 이겨낸 농사꾼들 너털웃음 소리
들려오는 바람 사이로 굶주림 설움 흙 되고 굳은 땅 되어
오늘 이 자리 죽은 시인 묵객 충신 효자비 솟아나오는데
용바위 기바위는 속속들이 기염 토하며 역사책 만들었는가
금강은 네 삶의 증거되는가

나의 정원

나에게도 정원 하나 파 주었네
큰 바위도 캐내와 예술 작품 빚어가고
베롱나무 한 그루로 한껏 정서 퍼뜨려
벤치 그늘 삼던 은행나무 길가쪽에 선 시(詩)나무까지
열대어 금붕어도 이사 온 새 아파트에서
그때부터
호수공원 수초들 사이로
합창 들려오고
울음 소리 기도문 되는
놀라운 역사가 쓰여졌지
가난한 자 빚진 자 노숙자 지하철 장님도 모셔와
날마다 말씀 잔치 노래방 잔치로 서글픔 엮는
한여름 밤 매미도 설레이는 열기 속으로
울타리 트는 황홀한 무대 장치

4월 나무여

네 안에 내가 들어앉아 있고
내 안엔 벌써 백두대간 몇 번 걸쳐 돌아온
쉼터로 자리매김하고 있었지
바위산 너럭바위마다 흙 한 줌 물 한 모금으로도
가지 뻗고 잎새 수 늘여가더니
해마다 유행 타는 옷 안 걸쳐도
첨단 패션 한 몫 당당히 풍겨내고 있네
분출하는 자태
한강으로 남새밭 갈던
죽어도 다시 사는
살면서 다시 죽는 이 순환의 연결 고리
그리고 거듭되는 매듭 풀기
창가로 다시 돌아와 성벽쌓기 하는가

거목 곁에서

칼칼한 바람 얼어붙은 길
침묵하며 산화된 꽃 있었네
당신 때문에 미움받는 것으로 쳐주고
그대 때문에 병상 문지방 적시고
몰라 몰라 세상 끝이야
꽃샘추위 몰아낸 하늘의 기 듬뿍
산성에 올라보니
땅마저 내려놓네

감나무 베며

거친 햇살 폭우로 쑥쑥 자란 뒤뜰
수십 년 그늘 되고 태풍 막으며 손마디 굵은
잎 늘리고 뼈대 불려 무거운 몸 지탱했지
날마다 달마다 제 한 목숨 던지더니
버팀목으로 버티다 목 베인 네 그루터기에서
환해진 창문 옆으로 펄쩍 뛰어오른 도요새 한 마리
비 뿌려 덩달아 웅크리는 벌레 한 쌍
원두막 자재 화덕 땔감 되어 누워 있네
네게 더 나눠줄 조각은 어떤 것이냐
베고 베임 당하는 달착지근한 살림살이

삼나무

나지막한 이야기 쉴새없이 물어 나르고
볼우물 패며 엉거주춤 놀란 너
싱싱한 히말라야 삼나무는
때 되어 나라의 명소 되었느냐
내가 베이고 베어 나갈수록
더 크게 올라오는 한여름 궁중 클래식
새여
내 이름 새겨 다오
새 살 돋는 탯줄이냐

장연중학교 밟으며

그 옛날 첫 제자 정 그리워
장맛비 아랑곳 않고 장연으로 차를 대었네
병풍 둘러친 산 빠끔한 하늘 새로 햇빛 쏟아지고
간장 종지 하나로 찬 국수 말아 먹던 화전민의 땅
운무 걷혀 드러난 산자락 타고 쏟아지는 대화
도랑가 아낙네 수다도 사라지고
가재며 미꾸라지 잡던 산수유 수놓은 계곡
중년의 길목에서 서성이었지
끊긴 시내버스 대신 풀꽃 떼며 야간 걷기 하던 시절
가정 방문 길 구멍 난 마루에서 씹던 참배맛
30년이 휑하니 날아가고
중부 내륙고속도로가 통과하니
예배당 종소리 졸음 쫓던 찬송가 여전한데
흐드러진 복숭아 사과 재배로 연명하는 묵은 땅이여
장연 찰옥수수를 특수 재배해 인터넷 쇼핑으로 전국을 강타하는
급물살 물폭풍은 이곳도 스쳐 지나갔는가
원두막 영근 씨옥수수 행렬 민물고기 날뛰는 도라지꽃 교정 사이로
'선생님 떠나지 마세요'
양말발로 뛰쳐나온 여제자 환청이
중학생 학부형 되어 얼굴 삐죽 내밀며
고속도로 위 서울로 힘차게 내달렸네

3부

비 뿌릴 때

동해에서

그래, 동해 맑은 물 받아먹고 컸지
파도소리로 마음 절이며 몸도 세우고
믿음 쏟아 부었지
절망도 한 웅큼 던지며
폭풍우로 사는 법 깨우쳐 주곤 했지
설악 동산에 해송 심겨져
물새 뜀박질하는 질박한 오후
긴 낮잠 즐기던 모래사장
등 푸르게 숨 헐떡이던 고등어 조개 돌고래 한 쌍
나도 덩달아 초록 동색 되네
예나 지금이나 춤출 준비하는 동해
남북 심장 이어지는 살가운 통로
통일 염원 기다린 네 거친 운율이여
속초 설악동 경포대로 이어지는 벚꽃 행렬
무게 실린 동해에서 태평양으로 뻗은 산맥
숨죽인 조개 되살아나는 쌍날개 단 고동 소리

섬은

수평선 위에 떠올라 지구 마음껏 주무르다가
깔깔깔 웃통 제쳐놓고 한바탕 웃어대기도 하고
밀물 썰물에도 군소리 없이 제 악기로 제 소리
파도에 우뚝 앉아 보는 섬은 거센 바람막이
몇 번의 태풍 육지의 오염 뒤엎는 너만의 냄새
바닷말 산 낙지 주꾸미 꼬막까지 살리는 산뜻한 노래 한 가락

정동진에서

야자수 풍겨오는 별난 울타리
바닷바람 밀쳐내는 해저 여행
조각공원서 내뿜는 메시지
코 골며 달려오는 기차 한 대
그 속에 잠든 민들레 한 송이
동해가 목멘 음향으로 촘촘히 조율하면
모래시계 사이 타이타닉은 되살아 나오고
버큰헤드 전통 고개 들며 침묵하네
백사장 쓸리는 뒷켠
하늘과 땅 맨발로 뛰달리며 반응하네

대청호에서

어미 원앙은 떠돌이였네
창공 나는 새도 먹을 걱정 옷 걱정하느냐
나무숲 황토 우거진 산그늘 그 곳
아직도 설렁설렁 들려오는
갈대 우거진 소리로도 날갯짓하는구나
물살에 떠밀려 온 이국 편지

때론 온통 서글픈 날 길어지고

쌍날개짓 힘받으며 새끼 기르는 한낮
그 아래 숨어 산 돌멩이
맞부딪쳐 제 살 깎는 소리 나직이 들려오네

장전항 물새 이야기

장전항 바다 긴 울음 그쳤지
갈매기 무리 친정집 그려 본 결별 연습
무릎까지 피 멍든 하늘
얼룩져 지나가던 산 뒤통수
서릿발 녹고 산등성이 햇빛 쌓일 때
그 비경 그 쇠창살 열리는 날
새벽은 또 다시 선창에 묻히고

비 뿌릴 때

여름날 몸 불리던 창문
장맛비에 강물 들이닥쳐 옆구리 비둔해지더니
솔밭은 물댄 동산
바람은 한 말씀 휙 던져주고 돌아가네
땅 한 평 발목 잡더니
이내 글라디올라스 목 움츠리며
땅 적시는 늦은 비 한 줄기
궁핍한 정서 힘 쭉쭉 내리받고
물뿌리개 되어 뚫린 경부선 옥천 터널
꿰뚫어 본 그윽한 빛
열병 치른 나무
그리고 수북이 쌓인 노래 가사

쓴물과 단물

내 가슴엔 두 가지 물이 흐르고 있었네
목마름의 물이 차오를 땐 두 눈 감고 무릎으로 살고
생수로 가득 넘쳐날 땐 소녀의 꿈으로 출렁대고
어지러운 세상도 단정하게 머리 빗게 하는 이 흐름
내 몸 속 처절히 울먹이는 건 이 물과 저 물의 경계에서
내 자리 못 찾고 방황할 때였지
당신은 뜻이 있어 역류케 하기도 하고
순응하며 물줄기 따라 이끌기도 하네
쓴물 뒤 단물이 기다리고
단물 뒤 쓴물로 뒤집어지기도 하지
울고 웃고 힘 받고 힘 빠지고 하는 사이
발끝 붙은 내 욕심 빠져 나가는 울림
내려놓음으로 더 크게 부서지는 계곡 물살

빈 배

당신의 속 깊은 곳
베토벤의 월광 소나타로 흐르거라
팔뚝 주변 프로스트의 운율도 출렁거렸네
어부로 한 몸 던진 자여
빈 배로 굶주리고 만선으로 춤사위도 벌였지
머리카락 뒤통수 흔들고 헹구며 밀물까지 낮아지면
호수는 자기 키 작동하며 나래 펼치고
빈 배 찢어지는 칠흑 걷어내는 당신과 나는 누구이던가

바다야

수평선 위에 떠올라
밀물썰물 조류에 군소리 하나 없이
제 악기로 제 소리에
앉았다 섰다를 반복했지
밀치지도 겁내지도 않는 순간의 숨결 잠재우고
몇 번의 태풍으로 육지의 온갖 오물 다 끌어 삼키는
눈부신 바닷말 문어 산 낙지 꼬막들의 합창
섬들의 바람
인터넷으로 너를 클릭하면
오대양 육대주로 관통하는 물살의 배멀미
그 사이로 역류하는 바닷바람
때 이른 짜릿한 짜디짠 시어들

비 맞으며

계절 숲 지나고 나이 더해 갈 때
그대 웃음 뒤 흐르던 물살
남몰래 얼굴에 번지는 건 무엇인가
아이들 큰 키 뒤로 여름 비 세차게 때리면
가볍게 뒤통수 주물러주던 저 큰 산
아버지는 날 낳으시고 나무 심으셨지
언 땅 폭설 위에 쓰러져도
물망초 한 송이 든 채 긴 터널 지나가면
플라타너스 온 몸 뒤틀며 돋아나는 새 이파리
소나기 맞으며 태풍 속에서 누런 틀니 드러내고
어린 새싹 줄기마다 도톰한 살 붙고 있었네

대천 바닷가에서

갯벌은 기다렸네 그가 온다는 것을
땅 위 땅 아래 짐승과 풀잎 먹이로 낡아가던 저 물살
밀물에 듬뿍 실려 들어와
그때 눈 치켜뜨며 응시하던
그것은 햇빛
지저분한 행락지 머리 위 또 다시 태어나는
지구라도 새삼 달래는 것인가
섬돌 갈매기 한 쌍 뒷걸음질치며
"갯벌은 죽지 않아요"
고기잡이 배 떠나 낮잠 자는 게을러진 백사장
저녁나절 몸에 낀 줄때 벗길 때
보랏빛 연녹색 조개 밤새워 얼굴에 자연산으로 색칠하네

무창포 해수욕장

밀물 어깨 드밀어 뱃길 열려
홍해 갈라지는 데 다녀온 뱃사람
그것이 기적이란 거냐
조개 가득 따내며 뿌듯한 가슴
보름마다 열리고 닫혀 둘레 섬도
수다 떨며 잔재미에 빠졌는가
도망치던 8월의 썰물 뒤돌아보며
아쉬움 도려내고 울다가 웃고
노을 한 장 걸치더니
그 해 무창포는 밑빠진 독 되었느냐
제 몸 부서지도록 땀 흘려 목마른 목 적셔주고
어느 새 시집 한 뭉치째 건져냈다네

물 보며

썰물 따라 시간 흐르면
한 겨울 한파로 뒤집는 햇살
나 기다리는 해초 미역 조개 낙지들
살금살금 다가가 숨구멍 틔워 주고
하루 팍팍한 먼지로 저무는 한 켠 적셔주고
비울 것 다 비우고 다독여 키질하는 일꾼
갯벌 뻘밭에 섞여 단 하루도 버티기 힘든
한 여름 물 적시며 환호하는 것들의
고즈넉한 오후 남몰래 뒷켠에서 즐기느냐

파도

널리고 널린 고단한 흐름
얕은 물가에서 철썩이는 파도 보고
맘 철렁이고 붕어 쏘가리 빠가사리 인생 겨냥하지
구멍 난 해파리 노을빛 초저녁
서해가 갯벌 되어 뻘 잔치로 초대하고
야트막하게 들리는 소리
깊은 데로 가 노 저어라
먼 파도에 실려 떠내려 온 한 단어
그물 떨어지는 허리춤
묻어나는 바다 빛깔 그 신비한 이야기

물사태

엄마 뱃속에서 태어나
깃털 세우며 새가 날기까지
갖가지 물폭풍 여러 차례 맞았네
도로 무너지고 집뚜껑 날아가며
산 떠밀린 날 어린 딸의 울부짖음
흙더미 속 야무지게 부지한 생명
강물 여러 차례 다리난간 쓸어가고
구름 속 비친 쪽빛 하늘바라기
닭으로 족제비로 참새 오리로 남아
겨우 목 가누며 날개짓 올릴 때
당신의 독수리 훈련으로 고공비행도 익숙해졌네
하늘 찌르는 큰 독수리 되어 깃털 날리고 있네

어떤 눈물

네가 부모 자식 인연으로 이 땅에 나오기 전
기도로 베개 적시는 모정 있었지
남자라는 신분으로 입대하던 날
어미 태에서 잘려 나와 다시 홀로 서기 하는
그 강한 잘려 나감으로 채워짐 느끼게 되었지
두 달 맹훈련으로 거친 몸 만들어 수료식 후 안긴
네 살내음에서 뭉클 쏟아져 내린 눈물 한 자락의 의미
구름 물 불 혼합하여 거듭난 혼
아들 낳은 어미의 그 알싸한 울렁거림
길가 망초꽃 행렬 고개 숙여 환영하네
기차는 외길로 기적 소리 울리지만
네 자대에서 합숙할 또 한 사람은 누구인가

항해

로빈슨 크루소 선생과
날밤 새운 저어새 한 마리
상상의 날개 쭉쭉 펴면
여중생들 그때 그 바다로 겉옷도 안 걸치고 뛰쳐나가고
잡은 고기며 울타리 너머 풀 한 포기
노예 프라이데이도 건져 올리네
아내 없는 빈 방 놀이공원은 꿈도 못 꾼
굶주림에 헐떡이면서도
살아 돌아오는 한 사나이
인생은 폭풍 속 항해려니
"깊은 데로 나아오라"
"넓은 세계 경험하라"

내 잔 넘칠 때

그대 목마른 샘물 곁
먼 걸음으로 고단한 풀숲에 몸 누이면
눈인사도 안 하고 찾아와
얼음 언 가장자리부터 녹여준 바람
봄날 배꽃 몰고 와
눈썹 하나 건드릴 때도
팔다리 어느 한 쪽 쑤셔올 때도
등 떠밀어 별빛 한 줌 던져 놓고
날밤 홀로 지새며 산이 솔 숲 끌어 덮는 때
온갖 어둠 제 영역 속으로 쉰 소리 지르고 물러나
수가성 우물 퍼 가도 쉴 틈 없이 함성 지르네
하루 밥 한 술 뜨는 힘에도 감사의 눈물 솟네
맥박 동맥 숨 쉬는 소리로도 출렁이는 밤바다 무늬여
그 세포 하나하나 꿈틀거릴 때
내 깊은 바다 속 이름 모를 파란 꽃길 눈부신 새 집이네

금강산 물새 이야기

그 산은 바람 타고 억장 무너졌느냐
만이천 봉 산자락 깃발로 펄럭이다
길들은 숨겨져 살아가고
그물에 씌운 거미줄 풀어내었네
입 다문 저 산 해금강 비껴서면
시린 그림자 남기고 떠나는 새 한 마리

장전항 바다 긴 울음 그쳤지
갈매기 무리 몸살 섞은 결별 연습
무릎까지 피멍든 하늘 응시하다 눈 빠진
얼룩져 지나가던 산 뒤통수
서릿발 녹고 산등성이 햇빛 쌓일 때
그 비경 그 쇠창살 열리는 날
새벽은 또 다시 선창에 걸리고

금강산 안내자의 노래

금강산 체험에 동행한 우리 차 안내자
숨 쉴 틈 없이 쏟아내는 얽힌 이야기
젊은 어깨 뒤
만이천 봉 산자락 깃발로 펄럭이다
낙타봉 끝에서 울먹이며 터진 이별의 노래
잘 가시라는 낯선 음성
길은 숨겨져 살아가고
그물에 씌운 거미줄 풀어내었네
햇빛 그을리고 눈보라로 피부 멍들면
산은 바람 타고 억장 무너졌느냐
5분 뒤면 벗어나는 땅
침묵의 산 뒤 해금강 비껴서면
금강산 역 설렁이는 망치 소리
물새 산새 떠도는 산들의 근육
두 손 두 발 모아졌지
먹구름 천둥 번개 말끔히 씻긴 계곡 중턱
시린 그림자 남기고 떠나는 새 한 마리
안내자는 그렇게 내숭 안 떨고
선한 눈망울 굴리며 책갈피 한 장 꽂아주었네

물레방앗간에서

온 몸으로 산 돌리는 물이여
성난 파도 지구도 흔들던
육신으로 쏟아내야 했겠지
그래 그렇게 네 몸도 던져 보아야 하는 거야
물어봐야지 돌면서 떠오른 조각들을
보건소도 없던 시절 도랑물가 장난치던 가난과
폐교된 땅 어린 손자놈들 흙칠하며 뛰놀고
놀이터 된 수염 자란 느티나무 곁으로
이순 다 된 외동딸 손녀 업고 달려 온
친정 방앗간에서
해넘이 마을 넘나들고 있네

동태 이야기

찬 바람 나들이 청한 날
제 맛 쏟아내는 너의 손사래
찌그러진 양은 냄비
양파 대파 육수로 제 향기 밀어 내놓고
시원한 바람 일으킨 무
얹히는 쑥갓 소문
한국산 동태 사라진다는 지구촌 소식
눈 하나 꿈쩍도 않고 근육 한 곳 풀리지 않는 언 땅
러시아산 중국산 인도산
경매에 이리저리 맞부딪치고
거기 남아 끝물질하며
눈 부빈 철새들의 노래 한 가닥
글로벌 시대의 슬픈 목청
인터넷 시장 허리 굵어지고
그 틈새에도 한 살림 챙기는 씀바귀 아우성

4부

빈 독 채우며

오월 햇빛

먹구름과 천둥도 내겐
한 줄기 축복이었네
싸리꽃 몸통째 4월 보내고
해산한 오월의 햇빛 한 자락도
내겐 무너짐 뒤 떠오른 석양이었지
넝쿨장미 올라간 빈 집
쌀 씻는 냄새 오래된 마당 깊이 패인 곳에서
철없이 피어나는 붓꽃
무너져 내린 터전
살 때리는 눈발
뒤집힌 폭풍 속
표류하는 고깃배 안
살얼음 깨고 삐져나온 은빛 고기도
내겐 낯익은 이름으로 마주 서 있었네
튼튼한 관절 넉넉한 피부로 떠밀려 오고
내게 오는 건 눈속임조차도 축복이었네
덤으로 사는 것도 떨어진 밟힌 흙도
그대 이름 앞에 걸맞는 다부진 음성이있네

산에서

노랫가락으로 화답하던 빛깔이던가
이 땅에 와 나무 한 그루로 살다 가면서
산으로 흙 되어 아득히 돌아갈 때
무엇을 남길 것인가 산은 내내 입 꾹 다물었어
팔부능선 다 오르기 전 숨 탁탁 막히고
물 한 방울도 남기지 않는 바위 밧줄 끌어당기더니
이내 소낙비로 이슬비로 눈보라로 겨드랑이 끼고
등 뒤 짐 다 벗어놓고 훌훌 털고 일어서서
메아리 울려대는 이 찬란한 하루

가을에

옷매무새 고치고 강 숲으로 달려나가 보라
초가집 산나물도 두둑이 배부른 저녁나절
콩밭 깨밭 벼이삭도 제 무게로 졸며
하늘에 풍선 다는 넓이로 솟구치는 갈대야
곳곳에서 몰려온 구름으로 술렁거리다
다시 조용히 뒤돌아보는 섬뜰로 다가서네

돌멩이

햇빛 속에서
겨울 흔들어 떠나보낸 봄의 초청장
계곡이 산 마당 키질하고
긴 하품 내뱉는 것은
하나의
동굴 속을 성큼성큼 걸어 나오기 때문이다
몇 년을 헤매었는가 땅 속에서
잎새마다 비바람 해풍 햇빛과 부딪쳤느냐
너를 만져보며
그림으로 겨냥해 보라
산그늘 나무 뿌리 굵어진 것은 바로 네 헐헐한 탄생 때문이다

바람 불고

봄날 배꽃 바람 몰고 와
잔가지 하나 건드리며 눈 껌뻑하고
아니 온 몸 욱신대고
등 떠밀어 묵향 한 줌 던져 놓고 달아나네
날밤 홀로 지샌 산 솔잎 끌어 덮을 때
쓴 소리 지르며 물러나는 어둠
동맥 숨 쉬는 소리 출렁이는
남해 밤바다
새집 단장 나선 나무여

금강산

그 산은 급물살 타고 무너졌느냐
일만이천 봉 산자락 깃발로 펄럭이다
길은 숨겨져 살아가고
그물에 씌운 거미줄 풀어내었네
함께 입 다문 산경 해금강 겹쳐져 서성대면
해송마다 눈도장 찍고
뼈근한 몸 놀리며 인사하는 새 한 마리

곡성역

새벽 눈 띄워 내달린 가로수
환호성 지르며 줄지어 선 낯선 마을
기차 박물관으로 자리매김하느냐
여름 한낮 헐떡이며 주절대는 물살
날 잘 알고 있다고 손 내밀더라
섬진강 돌며 보석 캐며 살아왔다는 소리 소문
날줄 씨줄로 깁던 상수리나무 가지 끝
조선 냄새 흘리는 세트장 골목
오백 년 역사 숨쉬며 쉴새없이 돌아가고

산 겨드랑이

그때 그 빛줄기 타고
새벽 강줄기 붙잡아 그물 던지면
지금도 끌어당기는
수십 넌째 누운 채로 눈 맞추며 살아왔지
산벽 타고 언뜻 비취는 말씀
궁색한 냄새 어느새 폴폴 날아가고
나무마다 파묻은 피붙이 안온한 쉼터
조각공원은 두 팔 들고 타다 남은 소리쳐대고

봄 산책

걸쭉한 액체 풀어주는
그대 마음에 꼭 맞는 여행길
쉴 틈 없이 분출하는 너
웃음 이기지 못하는 그대
늘 그대 흔적 묻어내는 걸작 쓰게 하소서
양지바른 곳 진달래 향 끊이지 않게 하소서
진눈깨비로 인해 가냘픈 꽃잎
당신에 취하고
우주마저 감동시킬 거목
영육간 살지고 물오른
작품들 많이 터져 나오게 하소서

겨울잠

우물가 연못에서 한 해 보내고 산 개구리
밤나무 가지 쌓아놓은 양식장 옆에서
넉넉하고 따뜻한 잠
겨우내 몸 불어난 뱀
허물 벗어 뒷마당 풀 위에 던져 놓더니

아늑하거라
사마귀 수놈이 암놈의 몸에 알이 될 것들 밀어놓아
그 영양분으로 품었다가
숲 어딘가에 다부지게 내려놓고
나도 겨울잠에 푸지게 들고 싶네
꽃씨와 버무린 봄 기다리고 싶네

흙의 온기에 몸 맡기며
눈발이 창문 툭툭 치면
냉이 뿌리 몇개 먼저 일어나
푸른 향기 집집마다 돌릴 때까지

봄비

봄날 추적추적 싸락눈과 섞여 내리는 빗물
하늘 뚫은 바라봄의 법칙
자기 그릇에 담지 않으면 밖으로 새는
예기치 않는 고난의 수레 질고의 옷차림
머리 위 비켜가지 않는 그대만의 오롯한 순명한 질서
철 지나도 비 뿌려주는 질박함이여
당신 안에 거하는 잎새
손길 닿을 때마다 기적되는 걸작품
고갈된 정서에 말없이 물주전자 물 받아주고
옆에 가장 가까이서 대화 듣는 고목나무
그리고 잡초 뿌리 간지럽히는 걸쭉한 기질

빈 독 채우며

내 항아리는 늘 비어 있었네
어떤 이는 술 담아 채우고
다른 이는 물로 부어버렸지
된장 고추장의 해묵은 보금자리
때로 폭풍 불어닥쳐 하루나기도 버거웠네
내 몸 하나 깨끗이 비웠을 때
무한정 큰 소리내며 담겨지고 안기더라
빈 독에 지금 무얼로 채울까
무엇으로 출렁거리게 할까
생코피 쏟으며 설레게도 만드신 그대
광야에 길 트이고
사막에 강 흘러 넘치는
날 위해 물레방아 수레바퀴 돌리며
엔진 쉼 없이 갈아 끼우는
그대는 도대체 누구인가

철둑 너머

경부선 기적 소리 들으며
아직도 저녁 설거지 안 끝낸 가장
오두막집 차 끓이는 빈궁한 냄새
옥수수 가지 철길 옆 울타리로 서 있고
막국수집 묵집 띠 두르고 서성인 대추나무 한 그루
가을 빛 실려
철둑 너머 아직도 피어나는 백일홍 이야기
아니 하늘 구멍 뚫는 역 되어 있었네

여름 수련회

이리 치이고 저리 치이며 달려간
기차에 옷 끼인 숨찬 여정
더위 먹고 독감 걸려 헐떡일 때
발아의 집 배설한 여름 잔치
묵은 때 벗길 때 바람도 함께 갔지
오백 년 느티나무 그늘 개조된 폐교 방에서
열띤 강의는 소나기 온 뒤 청아한 새 소리
오리 씨암탉도 산보 끝낸 초저녁
죽어 있던 시간들
나를 선택해 주었을 때 고개 번쩍 쳐들고
고인 눈물 짜내며 내던진 시간 구출하고 있었지
비와 폭서 태풍에 달궈진 돌멩이 숲
고구마 순 쭉쭉 뻗어 오르니
강한 에너지로 돌변하여 폭우로 흘러가고
흘러드는 기적 깁고 있었지
어둠 뚫고 지나가는 화살 되어
심장 폐까지 들어가고 있네
세계가 성큼성큼 넘보고

여행길에

또 다른 나 찾아 강가로 나간 날
백로 한 쌍 날아와 깃 세워
동양화 꿈 날개 펴내리며
미루나무 숲 안개 틈새에서 불러내었네

사춘기 시절 덩달아 엮던
쌍무지개 걸친 언덕 오르며
해오라기 숨바꼭질하다 접질러 울먹인 낮달

그 후로 봄 숲 철따라 뒤흔들고
낯설게 다가온 나무들의 색동옷 갈아입기
길 따라 나선 태양도 헤매는 산길

헐떡이는 산새 들새들 신음소리조차
당신은 듣고 있었는가
내가 반응하는 것만큼 세밀하게
피어나는 꽃 지는 낙엽으로
손짓 발짓하는 당신

계곡에서

흙바람 나무 줄기 타고 날려와
청주 땅 벗겨낸 긴 골짜기
큰 함성 몰아쳐 꿀잠 깨우네
저쪽으로 하늘은 고개 쑥 내밀고
유창한 웅변 첫 마디 터뜨리더니
물 속 돌멩이 이마 맞대고
굴러가면서 내 살 깎아내면
한 폭 걸작으로 변신하는
주렁주렁 걸린 기이한 역사 한 페이지

5부

춤출 날에

춤출 날에

서늘한 봄잠에 빠진 청개구리
초등학교 동화책 번뜩이는 영감
마냥 흘러가는 계곡 물소리
시끌한 소문 땅 깊이 묻고
따사이 살아가는 소식 귀기울인 물새
발견의 고뇌 떨림의 운율 주무르며
당신은 한동안 깨어나지 않게 할 것인가
되뇌이며 삭이며
나를 찾아 떠나는 머나먼 여행
마취에서 깬 날 당신 손잡고
휘영청거리는 달빛 모래사장에서 춤출 나는 누구이던가

어느 날

그대는 나의 텅 빈 가장자리 채우는 그림자
뿌리째 뽑힌 금강산 소나무
한 살림 부둥켜 안는 모래사장
낙엽 썩은 냄새 봄날 부르는 거름더미
해마다 가을 떠나는 자리
크게 보이는 산 색깔 더해가고
발판 되어 내 안의 나 겹나게 여물게 하네

그대의 언어

얽히고설키어 올라 간 넝쿨의 힘이
질기고 큰 줄로 새로 태어나네
그대는 언어의 제조기
짤수록 더욱 살아 퍼덕이고
입안 향기 가득 갖가지 모양으로 변신하네
어느 곳에 꽂혀도 살아 움직이는 나무의 생애
그대와 가까이 할수록 넘쳐나는 시너지 역류
죽은 산새 풀잎 꽃나무들 고개 들고
환호하는 승리의 깃발
질리지 않고 쓸리지 않는
우주의 해답 담겨 있네

마른 뼈

그것은 눈 먼 양들의 긴 여정이었다
산과 들 모래땅과 초목 사이
역사의 한 짐 지고 드러누운 마른 뼈
바람이 옷자락 사이사이 스며들고
묵은 땅 묵정밭의 가녀린 호흡
잡초는 어느 새 어김없이 살아나고
고구마순 호박순 얼기설기 익어가는
멧돼지도 죽다 살아난 한 겨울 먹을거리
당신 입김 들어가니
마른 뼈 썩은 흙 위
한 대대 군대 행렬로 자리 정렬하였네

말씀

이 세상은 모래알 말씀으로 가득 차 있지
이 단어 저 단어가 생각과 마음을 움직이고 다스리네
부드러운 말로 단단한 맘 풀어주기도 하고
거친 말로 상처주고 병들게 하기도 하지
때론 칼바람 일으키며 다가와 눌리게도 하고
신발 고쳐 신고 걸어와 한 마디 툭 던지고 가기도 하지
꼽추로 안 사는 것
에이즈에 안 걸린 것
라면 한 봉지 남아 있는 것
두 다리로 아침 운동하는 것조차도
눈물 흘리며 맞는 이 아침
고맙습니다 한 구절로도
앉은뱅이 벌떡 일어서고
꼽추 등허리 펴지는
말 한 마디의 크나큰 에너지 위력
갖가지 울림 소리들
오늘도 더 향기 나는 음식으로 얹어놓네

제암리 교회

그대 들어 본 적 있는가
그 날의 통곡소리들
함성과 철야기도 소리를
제암리 땅 밟고 영상으로 역사 현장 돌아가 보았지
순교의 땅 그 동리마다 불붙은 독립투사들 혼령
그 터 위 부활의 새싹 가지마다 삐져 올라
민들레로 들국화로 은행나무 가로수로
머리 깎은 수양버들로 플라타너스로 재생하고 있네
언더우드의 번뜩이던 눈빛
그 믿음과 기도의 집 제암리 교회
오늘도 빛 받아 진리 한 줌 퍼뜨리고 있네
찬송 소리 울려 퍼진
감자꽃 더 하얗게 퍼져 열매 익어가는 소리
후득후득 하늘 머리 때리며 종치네

지렁이

어렸을 때 길거리 아스팔트 맨홀 뚜껑 열어 보면
지렁이떼들 활개치며 두 손 들고 노래했네
낚시꾼들의 즐거움의 극치
너나 할 것 없이 구경꾼들 몰려오고
강가 바닷가 주변엔 고기들의 아귀다툼 데모 행렬
어둠 숲 개울 덮어가는 동안
희귀해진 너
눈 씻고 색안경 쓰고 봐도 많이 사라지고
네가 나타나면 1급수로 값 치솟고
제 값보다 더 얹어줘야 팔리는 몸값
내 이름은 지렁이일지라도
나와 늘 함께 하시는 당신
날 섬세히 도우시고 놀라지 않게 이끄는 힘 있어
군대 장교 이름만큼 살아나는
너는 내 것이라 들려오는 당신의 옹골찬 말씀

좁은 문

좁은 문으로 들어가라는 말의 뜻 몰랐을 때
넓은 문 찾아 휘젓고 다녔지
당신이 창조한 이 세계 구석구석 유람하고자
돈 벌고 땅 마구 사들였지
당뇨 수치 높아지고 비만 늘어나도
자각 증세 없어 마지막 경고장 받기 전
승용차 문 박차고 운동화 신고 삐질삐질 땀 훔치며 걷고 또 걸었지
어떤 길은 편안한 길이나 필경 죽음의 길이고
어떤 길은 역경 겹쳐져도 마침내 축복의 문이 된단다

2월은

동지섣달 잉태한 처마 끝에서
고드름 풀린 눈으로 부르다 지친
설익은 언어였네
3월 재촉하는 봄비 맞고
건너뛰기 연습한 비대해진 숲에서
그대 있음에 더 단단히 커가는 큰 이마

편지

다사로운 봄날 되게 하소서
엘리뇨 현상으로 녹아든 배추 보는 마음 주소서
성가심 이겨낸 상추 싹 보게 하소서
편지함 열 때마다 다가서는 바람
기온 상승으로 얼던 호수 얼지 않아
겨울잠 설친다는 물고기 음성
풀어주소서
쇼팽의 즉흥환상곡 되게 하소서
모차르트 죽음도 뛰어넘게 하소서

치과에서

성한 치아 생각하지 않는 사람은
늙어서 치아 고쳐 쓰는데 시간 죄다 쓰게 되지
배추 속에는
수분 무기질 비타민만 흡수된 것은 아니다
햇빛과 그늘로 태워
눈물 콧물 비빈 정갈한 향내도 있지
미래로 들어갈 힘도 뽑아내지
지붕 개량한 향나무
그 중심에 굳건하게 세워진 언어 기둥
크고 작은 잎새 되어 승천하더라
내 안의 썩은 이
마취도 안한 채 통증 호소하고
이 사이사이 늘어간 너와 나의 이음새

연풍 성지에서

새로 뚫린 도로가 여름비 뿌리며 손짓했네
괴산군 청결 고추 돌비석 빛나는 새벽
푸른 몸뚱아리 흔들며 머리 빗어 내리는 동양화 한 폭
다리 건너 이 산 저 산 인터넷으로 소식 주고
땀띠로 내려앉은 산자락
순교자들 동상 아래 옥수수나무도 신부님 말씀 경청하네
머리 숙인 성지 순례자들 촛대 위 촛불로 타오르는 시심
기가 세다는 산골 연풍 성지에서
배교 아니면 죽음 선택한 절대 절명의 순간
이 날까지 한 목숨 부지하고 살아 온 부엉이
논두렁 밭두렁 깨우는 사이
순교한 터 위 사과과수원 일렁이는
새 순 새 열매 더미
성지 연못 수국 연꽃잎도
비바람 흠뻑 맞으며 잠 못 들고 있었네

누구냐

산과 바다와 나무들이
아침마다 내 창문 열고 뭐라 지껄인다
따로 국밥으로 지낸
산은 산대로 할 말이 있다고 입 다문 채 고갯짓하고
바다는 거센 의성어 내던지며 그 흔한 몸부림이구나

나무는 초록으로 제 빛깔 드러내며
향기도 때마다 다르게 뿜어냈지
재주 다르다고 칭얼거리던 진한 눈빛
나도 내 자리에 뿌리 내리자고 열변 토했지

그들이 하는 말 받아 적기 시작했어
태풍 몰아치고 배 띄울 때
바람이 던진 한 말씀
"내 속에 박힌 가시 하나 뽑아 주소서"

팔결다리에서

진초록 넘치는 개천가
옥수수밭이 어깨 툭 치며 말 걸어온다
3모작 4모작으로 손등 터진 흙
뒤엎어도 되살아나는 무성한 소문

바람 타고 무한정 달려가고 싶었다네
농부들 아우성 속 패인 묵정밭
가족 되어 뭉치면 산삼밭 단무지 무밭으로 되살아나고
흰 뺨 청둥오리도 설잠 자는 오후

태양도 걸려든 한 여름 조각품

봄날 주심은

그땐 몰랐지요
산새 한 마리 목 타게 하늘 바라봄을
산천 눈부시게 흔드심을
흙덩이 돌멩이도 그대 무게 감당할 수 없어
마라톤 대회 우승자로 우뚝 선 봄꽃
후들후들 떨던 덤불 속
풀밭 세잎 클로버 건져내기 버거워
봄 길 따라 무작정 떠난 오늘
더 이상 만져볼 느낌 지나칠 수 없었네
해마다 한 편의 시 건지려다 빠뜨리고
냉가슴 앓다 벌떡 일어났지

산수유나무 기름기 절절히 흐르고 녹아내리는
어허 잔디순 물 덮인 채
두 팔 벌려 보니 근육마다 스며드는 냉엄한 빗발
풀죽은 나무 저렇게 꿈틀거리는
아! 봄은 봄이다
이제는 정신대 할머니도 다시 살아나야 한다
골프 거리 뜀박질하는
오 초록 물결이여 연두빛 행렬이여

어떤 독백

무심천 봄꽃 소문 들리면서
별밤 아래 중얼거리는 것은
아직도 못 다한 말 남아있기 때문이다

타는 목마름으로 백두대간 헤맨 것은
연이어 솟아나는 물 만져보기 위함이다
비운 잔마다 더 크게 채워지는 소리 듣는 것은
한없이 낮아져서 높아지는
그늘진 언덕 뛰어넘고
나의 나 된 것은 순전히 그대 때문임을 알게 함이다

나침판

태평양 한가운데
뜻밖의 기세로 불어 온 카테리나
집채 파도 산 뒤엎는 소용돌이
화물 버림으로 무게 낮추고
돛대 잘라내어 배의 뒤집힘 막았지
갑판 위에서 춤추며 지나간 폭풍우
점점 가라앉는 배
목숨 건 찰나
당신은 거친 항해 길
불과 물 사이 이끄는 나침반

외동딸 생일 아침에

찬바람 떡쌀 몰고 창문 두드린 날
여전히 젖은 노래
엄마 젖 우유 먹여 조모 손에 컸을 때도
가장자리부터 타올라
성큼 한 숲 되어 흙바닥 드러냈지
보기에도 아까운 최고의 선물 되었지
축하 케익 자르며 붉어 올 열매 다시 기다리면
봄날 시골집 담장 비추는 화사한 복사꽃
여름날 등 푸른 바다고기 낚는 더 살가운 내 빛
그리고 그림자
물풀 가리운 잎새마다 새 순 트는 소리
그 정원 앵무새 비둘기떼 울고 갖가지 나무 향내 풍기면
열대어 금붕어는 제자리 펄쩍 뛰며 키재기하네

6부

뉴질랜드여

가원사(家原寺)에서

행기 스님의 피땀 서린 가원사에서
눈물 없이 들을 수 없는 깨소금 이야기
신혼 첫날 맛난 맛보다 더 고소한 그 맛 취했지
십오 세에 출가 신라승 혜지법사에게 3년 불경 공부하고
열여덟 때 백제승 도소화상에게 선(禪) 배우며
금식 심신 수련으로 불쌍한 중생 구휼하기 시작했고
스물 넷에 신라 덕광법사에게서 구족계 받아 승려 되었지

왕궁 짓기 위해 강제 동원당해 다친 인부들을
왕실은 나몰라라 내버려두었을 때도
손발 닳도록 찾아 돌보며 약물 치료로 패인 상처 싸매준
대승불교 퍼던 그의 명성 하늘로 날아가자
왕실은 가혹한 법령 내려 탄압하기 시작했네

길 아닌 것은 도(道) 아니요
자비 선(善) 베풀어야 옳은 길이라며
일심정력으로 48개 구휼소 설치 운영하고
만민 구제 앞장섰으니
불타 갈증 풀어낸 생불(生佛)로 그 이름 온 천하에 떨쳤다네
비바람 햇빛 속 구름 한 줌 산소로 비벼

그대의 가지 않은 또 다른 길
밟아보며 음미하며
어느 덧 큰 산 오르며 새 길 찾고 있네

* 가원사는 7세기 일본 최초의 백제인 행기(行基) 대승정의 생가(일본 사
카이시 소재)이다.

미시마가모 사당

백제의 신주 모셨다는 미시마가모 사당
햇살도 졸음 참지 못해 이파리 못 떠나고
잠들었던 스님 부시시 눈 비비며 동그란 눈 뜨네
일본서 백제신 모신다고 따돌림 받았다는 말씀 뒤로
군국주의 일제 때문에 억울하게도 1945년 미군들이 들어와
더 곤역 치룬 사랑 터전
무병장수 빌고 소망 구하라는
안내 표지만이 나그네 발길 달래주는 고요한 절터
무심한 낮달만 나무 끝에 걸려 있어
일제하의 백제신 사당 압박당하였다는
고대 일본 지배한 백제왕들의 백제 신사당
여기 빛나는구나

오페라 하우스

내 몸 절반 바다 속 잠겨 있고
이름값도 한 몫 하는 호주의 자랑 앞에서
선율의 극치 황홀경에 빠져 들었네
매일 열린다는 공연 인터넷 예약으로 통과했지
평생 그 무대에 서길 염원하는 예술가들 무엇 얻고자 왔는가
주변 바다 경관과 기기묘묘하게 조화된 그림 한 장
열광하며 숨죽이며 백발 미남 미녀들의 관현악 연주 소리
선상 밑 다닥다닥 붙어 사는 조개들도 춤추며 경청했지
호주 노부부의 한껏 멋부린 뒷모습 뒤로
커피 한 잔의 흐름마저 연주로 사로잡는
조개껍질 아이디어로 호평을 받자 주변 관광 이어지고
선상식하며 절경 속 파묻혀 유람선 항해로 가까이서 본
세계 3대 미항 그 경치 해안가 집은 호가하는
너 시드니의 결정체 호주의 영원한 얼굴
그리고 도도하게 여문 자존심이어라

뉴질랜드여

수목 반 집 반인 나라 국민 4명당 1명이 개인 요트를 가진 땅
하버 브릿지로 관통하는 요트 정박장과 해변
길고 흰 구름의 나라 아우토리오로구나
사방으로 둘러싸인 원시림 목초지로 하루를 여네
15소년 표류기를 쓴 미션베이
그 모험과 절망감과 극적 감동을 짜릿하게 맛보게 하였네
반지의 제왕 촬영하기까지
영화 촬영지의 명소로 자리 단단히 잡고
무뎌진 뇌관 흔들어 깨울 영감이 갑자기 솟구치기 시작했지
세계 명작 찍고 무대로 하여 걸작 남긴 한 작품만으로도
시인된 자로 가슴 뛰는 큰 수확 얻어냈지
남반구의 섬나라 사냥 낚시 온천으로 인류를 평온케 하고
남섬의 빙하 지형 카이코라의 고래 구경
북섬 와이토모 동굴과 지역발전소
물로 인한 풍요로움 녹아있어
가장 추운 달에도 목초가 자라 사료 없이 방목되는
저 때깔 좋은 소떼 양떼 사슴떼여
태고적 아름다움을 간직한 천상의 날개로
공해로 몸살 앓는 땅덩어리에 물 공기 자연을 수출하고
사람 키위 새 키위 과일 키위로 그 이름 드날리네

문명에 때 묻지 않은 넓은 휴양림과 길게 뻗은 해변
왕따 체벌 폭력 없고 개성 인격을 존중받으며
미래 도전 개척 정신 청년들
갈비뼈에 흰 살과 근육에 새기고 온 하늘 마당이구나

다시 불러보는 노래

— 왕인묘에서

오사카 땅 히라카타에 도착하니
버선도 안 신고 날아오는 새 소리 파도 소리
일본 땅 건너가 일본 왕자들 논어 천자문 가르쳐
어둑해진 창가에서 번득이는 빛깔 심었어라
우에다 마쓰오 교수의 현해탄 건넌 폭 익은 강의
갈빛에 익고 썩혀 꽃망울 달고 열매 기다리고 있었네
무궁화 가로수 기념식수로 울타리 삼아
애국가 터져 나오는 울먹임 속
이상 고온도 아랑곳 않고 한 그루 큰 나무 되어 맞이하였네
난파진 건너 천오백년 뒤 달빛 창가에 몸 기대어
태양도 옷매무새 정갈히 하고 내다보니
머리 모양 손톱 발톱마저 그대 기운 감돌아
맛깔스런 한국 향기 넘쳐나고 있었네

법화사에서

여승들만 산다는 법화사
정숙 단아하고 섬세함이 흘러 넘치는 사당
국보 몇 점 인쇄해서 파는 처사만 있네
자광전(慈光殿)에 소장하고 있는 너무 낡은 보화 3점과
불에 그을려 내놓은 내량시대 토기와 토병들은
깨어진 채 진열되어 있었고
형태 기법으로 보아 서풍동류하던 삼국시대의 문화의 흔적
뒤돌아 월광정(月光亭) 가보니 갈대 지붕으로 이은 집이어라
기화요초 둘러싸인 정원에서
열매 하나 건질 소망이여 외치니
광명왕후 목욕했다는 욕실 더듬고
내려오는 발길 석양도 쉬어 가더라

이나리 대농신사당에서

천년 송 말끔한 치장 이나리 사당이여
어서 오소서 서둘러 직각으로 인사하는 뒤뜰
이나산 금산으로 치솟는 호수
계곡수도 한 발 한 발 줄지어 걸어 나오네

전 국토의 풍년 기원하는 사당의 본산
제사 지내게 된 효시의 사당
신라 백제인들 배 타고 건너와
교토 땅 일대 개간하니 비옥한 숲 탄생했지

전설 같은 야화
삼국 통일한 신라에서 건너온 사람
볍씨 가져다 벼농사 처음 지어 제사 올린 것
일년에 3번 올려지고 엎드려 보았다는 이야기
우에다 마사이 박사의 물 건넌 조용한 강연
해마다 열리는 11월의 독특한 한신인장무 춤
"한신이여 어서 오시요." 질제된 춤사위
흔드는 방울 소리 사이로 손짓하면
건너뛰는 한국의 눈 속 박힌 뿌리 하나

파라다이스 밸리(Paradise Vally)에서

창세기 2장 에덴동산 연상케 하는
파라다이스 밸리
온통 초록과 크고 작은 꽃동산 속
녹색으로 잠들다 깨다 피곤 싹쓸이하더라
맑은 계곡물 먹고 사는 송어 잉어 떼 보는 싱그러움
1급수로 튼튼하게 살아가는 모습 속
멧돼지 양 알파카도 환영 인사하며 얼굴 내밀면
팜 트리 활엽수 침엽수로 생명 숲 이루었네
천년수로 목 축이며 기념사진 찍고 돌아보니
눈망울 큰 야자수 이국 꽃들 입 못 다물고
목욕하다 들킨 소녀 얼굴 되어
새소리 화음 가곡 한 곡 뽑고 달아나네
나무마다 감추인 생각 살짝 드러내고 있네
수목 울창한 별장에서 수북이 쌓이는 정서의 그 무한한 에너지
당신 손 닿는 곳마다 걸작 인생 피어 오르네
당신 다스림 받으며 어둠 물리치고 빛 누리며 살고 싶었네
찌든 몸과 영혼 맑히는 데 이보다 더 좋은 치료약은 없었다네

무루와이 비치(Beach)에서

영화 촬영의 명소 그 배경된 자리 지키는
피아노 선율 아직도 선명한가
여주인공 드레스 어우러진 주제곡 한 소절 들려오고
당신은 듣고 있었는가 흑모래밭에 서서
쉼 없이 파도 속 씻겨간
화산 폭발 내음에 진저리 친 밀물의 산고(産苦)를
아직도 남아 흐르는 주인공 그리고 그 주변 이야기
너로 인해 막힌 담 무너지는 소리
정갈한 가제트 새소리는 사춘기 소년 소녀들의 속삭임
우아한 백조들의 군무 아찔한 그림 한 장
형사 가제트가 살아 돌아온 이름의 잔재미
바다 건너 호주로 오가며 흘린 소금기 짙게 밴 썰물
풍덩 빠지니 영화 속 조연으로 살아나
차디차고 궁핍한 정서 촉촉이 만져주면
활자매체로 되살아나는 신기한 생명 언어여
쪽빛 색깔 바래지 않은 도톰하게 영근 벗이여

양에게

만물중 양이란 이름표 달고
어미 뱃속 탯줄 끊고 나올 때
관현악단 울려 퍼지고
하늘은 무지개로 풍선으로 휘날리면서 축하송 던져주었지
성경에도 나오는 목자와 양 비유 실감하며
구석구석 생김새며 눈빛이며 발바닥까지
피조물로 응시하며 숨 할딱거리고 맑은 공기 한 줌 마시는 것
행복이란 단어로 되살아났지
우둔하기 짝이 없어 목자 말만 따라가다
구덩이에 빠져 허우적대고
이리나 늑대에 물려 상처 박힌 채 눈물 빼며 살아가기도 하였지만
내 사명 이대로 생긴 모습 받아주심 고마워
잔디에 뒹굴며 손발 쭉쭉 펴며 하늘 꿈 꾸었네
말 못하는 동료들 수천 명 몰고 가는 개들의 양몰이
1분 30초만에 양털 깎여 나가고 깎은 양 되어
내 몸 털 분신으로 내줄 때
여러 나라 사람들 환호하며 각종 선물로 호가하는
나도 쓸모 있을 거란 생각하니
뉴질랜드에서 태어난 섭리 그 특별한 정체성에
날이면 날마다 살아있음에 눈물 빼고 말았네

한국 서정을 세련된 시어로 승화시키는 시인

— 박지현 제3시집《상추에게》의 시세계

홍 윤 기

한국외국어대 교양학부 「한국시」 담당 교수
일본센슈우대 대학원 문학박사(시문학)

나는 대학에서 시강의를 하며 항상 강조하고 있는 것이 시의 생명력은 서정이 그 바탕이라고 주장한다. 학교에서 뿐 아니고 많은 시인들에게 리리시즘(lyricism, 서정성)의 중대성을 강조하고 있다. 내가 오랜 세월을 두고 한국시단에서 항상 역설하고 있는 것이 '리리시즘' 이다. 그러기에 오늘의 시가 '노래' 가 아닌 '이야기' 로 자꾸만 전락하고 있다는 것은 매우 걱정스럽다. 그러나 다행하게도 시의 서정과 삶의 진실을 올바로 파악하며 성실하게 작업하는 유능한 시인을 이 시집을 통하여 소개할 수 있다는 것이 무엇보다도 기쁘다.

박지현 시인이야말로 독특한 한국 서정시의 새로운 생명력을 고양시키고 있는 한국의 새로운 신서정(new-lyricism)의 시인으로서 당당하게 자기 세계(新抒情詩, a new verse)를 개척했음을 이 시집이 잘 보여주고 있다.

박지현 시인의 시세계는 참으로 우리가 소망했던 새로운 리리시즘에 목말랐던 한국시단에 단비를 흠뻑 적셔주고 있다는 확신을 갖게 하고 있다.

이번 시집의 작품들을 분석하여 보면 한국인의 순수시가 요청하는 새로운 시대의 민족어(民族語)의 계발(啓發)을 바탕으로 하는 가장 한국적인 민속과 생활양식, 더 나아가 민족적 각성이 절실한 시문학적 요청을 진지하게 반영하고 있다. 이것은 이른바 국수적인 대외 갈등과는 전혀 반(反)하는 것이다. 한국 현대시가 무엇을 써야 할 것이냐 하는 콘텐츠(contents)가 새롭게 제시된 이번 시편들을 검토하면서 그 우수성을 쉽게 논하게 된다.

박지현 시인의 새로운 시의 오브제(object, 프)는 우리의 텃밭에서 자라나는 농산물인 〈상추〉며 〈쑥갓〉에서 시작되고 있는데 우선 주목하지 않을 수 없다. 지금까지 한국의 어떤 시인도 우리 한국인의 애용 야채인 상추며 쑥갓을 노래한 일이 없다는 데서도 우선 독자를 감동시키기에 족하다. 다음의 시 〈상추에게〉를 먼저 감상해 보자.

언제부터인가 너도 모르는 새
익숙한 우리들 밥상머리
사철 찾고 싶은 새초롬한 친구야
수다스런 여름날 온 식구 모여들면
그댄 벌써 소설 한 권이다
수풀 위로 새 날개 단 멧새의 산울림
푸르고도 먹음직하게만 커서 달리고 싶었어
나 하나 접어 그대 몹시 기뻐하는
오늘의 매콤한 조선고추장의 메시지
햇빛 사납게 떨어지는 흙무더기라지만
조금도 성급할 것 없는 새 순들의 잔치
작은 물살로도 빈 가슴 그득 출렁이는
우주 한아름 두 팔로 껴안아보는

네 주름진 가난한 잎새 사이로

— 〈상추에게〉 全文

　이 작품은 전원적인 소박한 분위기 속에 성실한 삶을 영위하는 시인의 한국 현대 서정시의 새로운 경지를 개척하고 있는 근래 보기 드문 수작이다. 소박한 일상어 속에 담긴 정감 넘치는 빼어난 수사(修辭)의 기교가 돋보이는 표현상의 특징도 잘 보인다. 시 전편을 부드러운 연상적 수법으로 조화시켜 표현미를 감동적으로 고조시키고 있다. 시의 뒷부분 마지막 4행 "조금도 성급할 것 없는/⋯⋯/ 가난한 잎새 사이로"에서 도치법을 구사하여 시의 분위기를 생동감 넘치게 작용시키고 있다.

　소재 자체가 매우 참신한 데 공감한다. 오늘날 많은 시의 소재가 진부하고 또한 매너리즘(mannerism)에 빠진 틀에 박힌 유형적인 묘사에 치우쳐, 독창성이며 참신성이 결여되고 있는 것을 대할 때, 시인들이 좀 더 자성하면서 새로운 시세계 구축을 위한 진취적인 작업이 요청된다고 본다. 그런 견지에서 박지현의 이 새로운 현대시 실험 정신은 한국인의 '상추' 식생활의 새롭고 뛰어난 메타포의 구사와 더불어 한국시단의 주목의 대상이 되지 않을 수 없다.

　"언제부터인가 너도 모르는 새/ 익숙한 우리들 밥상머리/ 사철 찾고 싶은 새초롬한 친구야/ 수다스런 여름날 온 식구 모여들면/ 그댄 벌써 소설 한 권이다"라고 하는 이 시의 주인공 '상추'의 의인화 속의 화자의 화기애애한 생활양식의 전개는 모처럼의 한국인 가정의 전통적인 안온함과 순박한 가족애의 다정함이 물씬 풍긴다. 시가 새롭다는 것은 이와 같이 지금껏 남들이 발상하지 않은 새로운 것을 창작해내는 일이다.

　"수풀 위로 새 날개 단 멧새의 산울림/ 푸르고도 먹음직하게만 커서 달리고 싶었어/ 나 하나 접어 그대 몹시 기뻐하는/ 오늘의 매콤한 조선고추장의 메시지"에서 강조하고 있듯이, 한국인의 기호 식품인 '고추장'은 '김치'와 함께 오늘날 세계인들 앞에 자랑 넘치는 떳떳하고 당당한 '메이드 인 코리아'이다. 그러기에 활기 넘치는 생활의 길잡이로서의 상추와 고추장의 상봉과 봉사는 값진 사명을 다하는 것이다.

이어서 〈쑥갓 밭에서〉를 음미해 본다.

쑥갓씨 뿌리며 물씬한 네 향기
기둥마다 깃발 세워 퍼져 나간 응원가
아니 잔주름 펴는 사이로
빈 가슴 읽어낸 한 편 잘 짠 동화
별 보기 전 어둠에 먼저 와 눈에 익게 하고
그대 곳곳에 맛깔나는 솜씨로 입맛 돋굴 때
독특한 내음 지닌 몸으로 살아있구나
쓰다 하면 쓴 대로도 빙긋 웃음 흘리며
나도 뒤섞여 네 향기로 살고픈
펄펄 끓어오른 팔뚝 살도 억세게
쑥갓 뜯으며 된장에 싸고 찌개에 훔치며
나만의 색다른 손 내주신 당신 마음껏 떠올렸네

— 〈쑥갓 밭에서〉全文

쑥갓 역시 한국인들의 전통 식품이거니와 서양 사람들도 한국에 와서 이 채소를 신선하고 맛있게 먹을 수는 있을 것이다. 그러나 그들의 나라에 없는 쑥갓을 한국인만큼 진하게 아끼고 사랑하지는 못할 것이다. 그러기에 쑥갓을 기호로 삼는 한국 여류 시인이 여기에 착안하여 새로운 서정시를 썼다는 것은 참으로 바람직한 새로운 시작업이다.

유안진 시인이 한국인의 대표 기호 식품 〈김치〉를 노래하자 나는 너무도 반가워서 졸저 《한국의 명시 감상》(한누리미디어, 2003)에 이 작품을 예시하며 해설했고 내가 가르치는 많은 학생들로부터 공감을 샀다. 앞으로 박지현 시인의 〈상추〉며 〈쑥갓〉 시편들도 좋은 반응을 얻게 될 것을 확신하고 있다. 우리 것을 우리가 노래하지 않고 어느 외국 시인이 대신하여 노래해 줄 것인가.

오늘의 시인들은 스스로에게 주어진 참다운 자아의 시어와 순수한 민족적 정서를 망각하고 있는 게 현실이다. 참다운 시의 주체의식이란 다른 것이 아니고, 차츰 상실되어 가고 있는 내 것의 진실을 천착해내는 작업이 아닐 수 없다. 한국 농촌이 너무도 숨차다. 쌀값이 떨어지고 소값도 곤두박질친다. FTA시대이기에 우리의 농촌에 대한 우리 농산물을 사랑해야 한다는 것은 어디까지나 시대적인 '고발' 이 아닌 한국 문학이 현대사(現代史)의 프로세스(process)에서 반드시 기록해야만 할 시대적 요청이다.

그와 같은 절실한 민족 순수시에 대한 성찰을 통한 애정 속에 시작업을 전개하고 있는 박지현 시인이다. 21세기인 지금 한국이 고도로 산업화되고 있는 국제화 사회 속에 우뚝 서고 있기에 그것은 더욱 절실한 한국 시인들에게 주어진 값진 일이다. 오늘날 수많은 시인들이 시의 본령을 저버리고 시랍시고 쓰고 있는 현실을 직시할 때 박지현의 순수시 작업은 마땅히 높이 평가될 일이다.

이제 〈사과나무 밭에 서면〉을 감상한다.

오창면 구도로 외진 텃밭
내 몸 구석구석 가지 뻗고

구멍도 나 있었네
구약성경에도 핀 꽃내음
아담 하와가 유혹에 걸린 나뭇가지
겨울날 거기 서성여 보면
그때 그 이야기 땅 깊은 데서 삐져나오고
하늘가로 넓게 퍼진 팔뚝
등뼈 허벅지 허옇게 드러나네
기둥 낡아 헤어진 틈새
속바람 치맛자락 날리며 들어와
둥지 튼 산새 다시 흔드는 등살
비로소 가쁜 숨 몰아쉬었지

— 〈사과나무 밭에 서면〉 全文

사과나무는 서양에도 많다. 그러나 한국 사과 맛과 서양 사과 맛은 다소 다르다. 기후와 풍토와 인간적 심성에도 차이가 있다. "구약성경에도 핀 꽃내음/ 아담 하와가 유혹에 걸린 나뭇가지/ 겨울날 거기 서성여 보면/ 그때 그 이야기 땅 깊은 데서 삐져나오고/ 하늘가로 넓게 퍼진 팔뚝/ 등뼈 허벅지 허옇게 드러나네" 라고 박지현은 추수 끝난 사과밭 농민들의 삶의 내용, 아니 그 아픔을 노래하고 있다. 농민들에게 대한 시인의 따사로운 위안이 썰렁한 겨울 사과밭에서 인간의 원죄를 각성시킨다. 한국 농촌의 사과밭의 노래는 프랑스나 영국의 사과밭의 이미지와 전혀 다르다. 여기에 사물을 올바로 투시하는 시인의 예리한 시각과 지성이 번뜩인다.

이를 테면 독일 시인 라이너 마리아 릴케(Rainer Maria Rilke, 1875 ~ 1926)도 지적하기를 "가장 독일적인 시를 프랑스인이 완전하게 이해한다는 것은 결코 기대할 수 없다"고 했듯이, 그는 프랑스의 거장 로댕(F.A.R. Rodin, 1840 ~ 1917) 밑에서 오랜 날을 일하면서 조각 예술의 조형력과 신비한 경지를 터득했고 사물의 내적 본질 세계를 천착하는 데 역투했으나 역시 이질적인 외국 언어며 민족 내용과의 하모니에는 끝내 이르지 못했다고 한다. 박지현의 우리 농촌 사과밭의 노래 또한 그만이 쓸 수 있는 한국 사과밭의 노래이다.

이번에는 우리의 겨울철 풍미 〈동태 이야기〉로 넘어가 본다.

    찬 바람 나들이 청한 날
    제 맛 쏟아내는 너의 손사래
    찌그러진 양은 냄비
    양파 대파 육수로 제 향기 밀어 내놓고
    시원한 바람 일으킨 무
    얹히는 쑥갓 소문
    한국산 동태 사라진다는 지구촌 소식
    눈 하나 꿈쩍도 않고 근육 한 곳 풀리지 않는 언 땅
    러시아산 중국산 인도산
    경매에 이리저리 맞부딪치고
    거기 남아 끝물질하며
    눈 부빈 철새들의 노래 한 가닥
    글로벌 시대의 슬픈 목청
    인터넷 시장 허리 굵어지고
    그 틈새에도 한 살림 챙기는 씀바귀 아우성
                              ― 〈동태 이야기〉 全文

구수한 동태찌개, 한국인만이 진미를 느낄 수 있는 소재의 새로운 현대시다. 한국의 민속이며 식생활과 역사를 모르는 외국인에게는 이 시를 외국어로 번역하더라도 시를 결코 제대로 공감시키거나 납득시킨다는 것 자체부터 그것은 무리일 것이다. 바로 그런 제재(題材)의 시가 우리 한국 현대시로서 가치가 큰 것도 사실이다. 따지고 본다면 우리가 쓰고 있는 자유시란 서양 옷을 입고 김치며 된장찌개를 먹는 격이다. 한복을 입고 떡국도 먹고 추석에는 토란국도 먹는 게 제격이듯, 내 것에 대한 참다운 사랑의 시작업이 '한국 현대시'가 나아가야 할 참다운 과제이다. '고향'을 지키기는 고사하고 고향을 스스로 등진 것은 누구인가. 아니 망각한 것은 우리 시인들은 아닌가.

일찍이 에즈라 파운드는 "위대한 문학이란 가능한 최대한의 의미가 담겨진 충실한 언어에 있다"(〈How to Read〉, 1931)고 설파했다. 20세기의 대시인이라는 T.S 엘리엇(Eliot, Thomas Sterns, 1888 ~ 1965)을 키워낸 스승이었던 이른바 '현대시의 순교자'로서 추앙받은 에즈라 파운드의 그와 같은 지적은 곧 그가 서구의 젊은 시인들에게 큰 영향을 줄 수 있었던 가장 두드러진 명언이 아닐 수 없다. 시인에게 맡겨진 새로운 상상력이 담긴 충실한 의미를 포괄하는 시의 표현이 바로 에즈라 파운드가 요청하는 '최대한의 의미가 담긴 언어'이다.

보다 구체적으로 설명하자면 '지금까지 남이 쓴 일이 없는 새로이 창작된 감동적인 훌륭한 시'를 뜻한다. 그렇다면 '가능한 최대한의 한국인이 추구하는 참다운 생활의 의미가 담긴 언어'로 시를 쓴다는 것은 과연 무엇을 가리키는 것인가. 그것이야말로 박지현과 같은 새로운 제재의 과감한 시작업이다. 이는 곧 오늘날과 같이 시어가 황폐해진 시대에 어쩌면 가장 적절한 에즈라 파운드의 시적 가르침이 아닌가 한다. 우리는 이 시대에 향토에 파묻혀 참다운 서정적 삶의 진실을 천착하며 참신한 서정의 메타포로써 현대 한국시를 형상화시키는 데 성공하고 있는 박지현의 신선한 미학의 시세계 속에 아늑하게 안기게 된다.

이번에는 배꽃 피는 향토의 〈바람 불고〉를 음미해 본다.

봄날 배꽃 바람 몰고 와
잔가지 하나 건드리며 눈 껌뻑하고
아니 온 몸 욱신대고
등 떠밀어 묵향 한 줌 던져 놓고 달아나네
날밤 홀로 지샌 산 솔잎 끌어 덮을 때
쓴 소리 지르며 물러나는 어둠
동맥 숨 쉬는 소리 출렁이는
남해 밤바다
새집 단장 나선 나무여

— 〈바람 불고〉 全文

이 작품은 조사(助辭)를 최대한으로 생략하는 매우 날카로운
미적 감각(a keen sense of beauty) 표현 기법을 구사하고 있다.
함축된 의미를 내포하는 시어 구사야말로 결코 늘어지고 막연한
언어의 유희가 될 수 없다. 그 때문에 나는 강단에서 학생들에게
항상 '시는 이미지가 강한 언어만을 다룰 것'을 강조하여 오고
있다. "봄날 배꽃 바람 몰고 와/ 잔가지 하나 건드리며 눈 껌뻑하
고/ 아니 온 몸 욱신대고/ 등 떠밀어 묵향 한 줌 던져 놓고 달아
나네/ 날밤 홀로 지샌 산 솔잎 끌어 덮을 때/ 쓴 소리 지르며 물
러나는 어둠/ 동맥 숨 쉬는 소리 출렁이는/ 남해 밤바다/ 새집 단
장 나선 나무여"처럼 시어는 율동적인 '리드미컬한 처리'로써
만이 언어 구성에 있어서 포괄적인 에너지를 발산시켜 독자에게
동시에 활력과 만족감이 충만한 기쁨을 베풀게 된다.

여기서 굳이 밝혀두자면 시는 삶의 방법을 찾고 있는 철학이

거나, 또는 사회 집단의 공평하고 합리적인 존재 방법을 이루겠
다는 이른바 정치와 전혀 별개의 문학이라는 것을 알아야만 한
다. 시의 궁극적 목적은 바로 그와 같은 진선미를 추구하는 아름
다운 노래의 작업이다. 시가 인간의 삶의 기쁨을 동반시켜 주는
작용은 그러기에 '철학'이거나 '사회 윤리'가 아닌 오로지 '문
학예술'이라는 것을 잊어서는 안 된다는 것을 박지현 시인은 그
의 새로운 시작업으로써 유감없이 설파한다.

이번에는 〈나무야〉를 읽어본다.

하나의 눈짓으로 살아가면서
들녘 밭둑 한 귀퉁이에서도 향기 풀어내는
내 이름 찾게 하소서
가로 막힌 벽 밟힌 잡초
어느새 문 되고 길 열리고
가지 잎 뿌리마저 속삭이면서
밭고랑 너머로 멀찌감치 뻗치면
벽도 뚫고 밀치며 다시 넘어
몸 풀 때마다 비바람 속에서
꿈틀거리며 꼿꼿이 살아날 때
못생긴 모습대로 끌어안는 불빛 가슴
산가 냇가 신작로에 박혀 있어도
돌멩이 비벼 보듬어 만드는 뜨락으로
나 비상하는 날 있노라
걸쭉한 큰 건더기로 남게 하소서

— 〈나무야〉 全文

이 시작품의 진가는 점층적으로 더욱 고조되는 시적 감흥의

시너지(synergy, 전체의 효과에 기여하는 각 기능의 종합 효과)가 고양되고 있는 신선한 작품이다. 특히 화자의 고차원의 두드러진 화전의 의인화인 "밭고랑 너머로 멀찌감치 뻗치면/ 벽도 뚫고 밀치며 다시 넘어/ 몸 풀 때마다 비바람 속에서/ 꿈틀거리며 꼿꼿이 살아날 때/ 못생긴 모습대로 끌어안는 불빛 가슴/ 산가 냇가 신작로에 박혀 있어도/ 돌멩이 비벼 보듬어 만드는 뜨락으로/ 나 비상하는 날 있노라/ 걸쭉한 큰 건더기로 남게 하소서"라는 삶의 온갖 형언키 어려운 정신적 육체적 고통을 슬기롭게 극복하는 의인화시킨 나무의 늠름한 존재가 시적으로 눈부시게 승화하고 있다. 어쩌면 온갖 모진 시련을 끝끝내 인고하며 끈질기게 극복해 온 자랑스러운 나무, 그것은 한국인의 한 상징적 존재로서의 나무가 아닌가 한다. 어떤 외풍에도 굴하거나 상징적, 의지적, 영상미적으로 쓰러지지 않고 굳건하게 이 땅, 이 겨레를 지키며 자손만대를 약진 속에 이어 나갈 것이라는 역동적인 결의가 빛나고 있다. 세련된 시어 구사로 선명한 이미지를 집약적으로 표현하는 레토릭(rhetoric)의 새로운 수사법(修辭法)을 구체적으로 제시하고 있다.

시각적인 영상미를 통한 감각적인 메타포(metaphor)의 표현상의 특징이 독자에게 공감도를 북돋워 주고 있다. 박지현 시인은 온갖 사물과 접하면서 보다 더 적극적으로 사상(事象)을 폭넓게 수용하며 진취적인 기상으로 한국인의 새로운 21세기 시문학을 형성해 나가고 있다. 이번에는 〈물레방앗간에서〉를 음미하여 보자.

온 몸으로 산을 돌리는 물이여
성난 파도 지구도 흔들던
육신으로 쏟아내야 했겠지

그래 그렇게 네 몸도 던져 보아야 하는 거야
물어봐야지 돌면서 떠오른 조각들을
보건소도 없던 시절 도랑물가 장난치던 가난과
폐교된 땅 어린 손자놈들 흙칠하며 뛰놀고
놀이터 된 수염 자란 느티나무 곁으로
이순 다 된 외동딸 손녀 업고 달려 온
친정 방앗간에서
해넘이 마을 넘나들고 있네

— 〈물레방앗간에서〉 全文

　한국 현대시 100년 동안 '물레방앗간' 소재의 시도 여러 편 나
왔으나 〈물레방앗간에서〉는 새로운 신서정의 가편(佳篇)이다.
"온 몸으로 산을 돌리는 물이여/성난 파도 지구도 흔들던/ 육신
으로 쏟아내야 했겠지/ 그래 그렇게 네 몸도 던져 보아야 하는
거야/ 물어봐야지 돌면서 떠오른 조각들을/ 보건소도 없던 시절
도랑물가 장난치던 가난과/ 폐교된 땅 어린 손자놈들 흙칠하며
뛰놀고/ 놀이터 된 수염 자란 느티나무 곁으로/ 이순 다 된 외동
딸 손녀 업고 달려 온/ 친정 방앗간에서/ 해넘이 마을 넘나들고
있네"와 같이 역동적 이미지가 단숨에 집약적으로 세련되게 묘
사된 작품은 아직 찾아 볼 수 없다.
　인간의 삶이란 과연 무엇으로써 값지게 상징시킬 수 있는 것
일까. 이런 질문에 대해 박지현 시인은 그만의 독보적인 포이트
리(poetry, 詩作業)에서 오로지 스스로 삶의 참다운 의미를 성실
하게 추구하고 있다. 시는 '노래' 이기에 그 노래를 통한 인생의
진실을 창출하느라 진력하고 있다. 지금까지 우리는 시의 우열
을 따지기 전에 이른바 '유명 시인' 의 그늘에 짓눌리고 묻혀 온
게 사실이다. 이제는 그런 어리석음을 타파하고 유능하고 우수

한 많은 시인을 한국시단에서 발굴해내야만 한다. 오늘의 21세기 역강(力强)한 하나의 이미지 프로세서(an image processor) 시대에 필적하는 새로운 포이트리(a fresh poetry)의 구조 (structure), 즉 지금까지 찾아볼 수 없었던 신선한 새로운 구조의 신서정시(新抒情詩, a new verse)의 시대를 활짝 연 역편(力篇)이다.

〈개망초꽃은〉은 또 어떤가.

홍수에 지구 한 귀퉁이 떨어져 나가도
성난 반역의 역사 일으키지 않았네
서늘한 풀벌레 소리 축가로 신방 차릴 때
저 혼자 흔들거리다 풍선도 날려 보고
사람들 발자국 뜸한 곳에서나
안면도 꽃지 해수욕장에서도
생긴 모습 그대로 오똑하니 자라났지
꽃바람 잦아든 오후 먼 발치서
눈동자 하나 떼지 아니 하고
머릿결 날리던 당신
이웃집 넝쿨장미 부활한 등꽃마저
눈길 한 번 주지 않고 있는 그대로
태풍 안고 물사태 한아름 받아내는 그대
익을 대로 익어 손사래 치면
잎새와 줄기 가지들의 그 흔한 넋두리

— 〈개망초꽃은〉 全文

역동적인 의인화의 풍자적 이미지 처리로써 독자를 완전히 압도하는 빼어난 메타포(metaphor, 은유)의 테크닉이 두드러지고 있다. 짙은 서정을 바탕으로 지성이 융합된 표현 기교가 독특한 시창작성을 발휘하고 있으며, 에스프리(esprit, 프)가 강한 정신미를 형상화시키는 뛰어난 기교를 발휘하고 있다. "홍수에 지구한 귀퉁이 떨어져 나가도/ 난 반역의 역사 일으키지 않았네/ 서늘한 풀벌레 소리 축가로 신방 차릴 때/ 저 혼자 흔들거리다 풍선도 날려 보고/ 사람들 발자국 뜸한 곳에서나/ 안면도 꽃지 해수욕장에서도/ 생긴 모습 그대로 오똑하니 자라났지"(전반부)라는 외로움을 이제 한국 여류 시인이 극복시켜 준다.

더구나 태풍 몰아치는 바닷가 거센 풍파 속에서 굳세게 견뎌내는 의지의 인간상이 "이웃집 넝쿨장미 부활한 등꽃마저/ 눈길한 번 주지 않고 있는 그대로/ 태풍 안고 물사태 한아름 받아내는 그대/ 익을 대로 익어 손사래 치면/ 잎새와 줄기 가지들의 그흔한 넋두리"(후반부)라는 순박무구한 인간 냄새를 낭만적인 서정 속에 흥건하게 적셔준다. 바닷가 삶의 현장을 상징적인 배경으로 설정하고, 화자는 인간의 삶의 양식에 대한 심도 있는 규명을 하는 독특한 시의 표현 수법이 독자를 압도하고 있다. 더구나센티멘탈한 감상성이 전혀 배제된 점 또한 참으로 감동적이다. 짙은 서정미와 더불어 시어 구사의 지적인 미감(美感)이 돋보이고 있다.

이번에는 〈춤출 날에〉를 읽어보자.

서늘한 봄잠에 빠진 청개구리
초등학교 동화책 번뜩이는 영감
마냥 흘러가는 계곡 물소리
시끌한 소문 땅 깊이 묻고
따사히 살아가는 소식 귀기울인 물새
발견의 고뇌 떨림의 운율 주무르며

당신은 한동안 깨어나지 않게 할 것인가
되뇌이며 삭이며
나를 찾아 떠나는 머나먼 여행
마취에서 깬 날 당신 손잡고
휘영청거리는 달빛 모래사장에서 춤출 나는 누구이던가
— 〈춤출 날에〉 全文

이 시에서 우리는 참으로 이미지가 강한 빼어난 순수 서정의
표현미와 마주치게 된다. 결코 겉으로는 거창하지 않으면서도
내실한 삶의 진실 추구가 독자를 다시금 감동시키고 있다. 특히
세련된 일상어에 의한 이미지의 심층 전환수법이 새롭고, 풍자
적인 메타포(metaphor)의 기교 또한 매우 뛰어나다. 또한 여기
에서 시인의 진지하고도 아름다운 시적 탁마의 자세가 번뜩인
다. 유능한 시인의 기준은 무엇인가.

"발견의 고뇌 떨림의 운율 주무르며/ 당신은 한동안 깨어나지
않게 할 것인가/ 되뇌이며 삭이며/ 나를 찾아 떠나는 머나먼 먼
지 여행/ 마취에서 깬 날 당신 손잡고/ 휘영청거리는 달빛 모래
사장에서 춤출 나는 누구이던가"(후반부)라고 하는 현실 고발의
시정신이 심볼리즘(symbolism)의 상징 수법으로 두드러지게 잘
표현되고 있다. 대상을 의인화하여 작가와 완전하게 일체시키는
표현 수법이 매우 뛰어난 표현상의 특징이다. 21세기의 현대시
는 이제 이와 같이 구시대의 진부한 낡은 시적 사고의 틀을 과감
하게 깨뜨리는 새로운 시의 형상화 양식을 도입해야 한다는 견
지에서도 이 시는 한국 현대시의 가편(佳篇)이다.

이번에는 〈대청호에서〉를 통해 어떤 것을 우리들 가슴에 울려
주고 있는지 함께 경청해 보자.

어미 원앙은 떠돌이였네
창공 나는 새도 먹을 걱정 옷 걱정하느냐
나무숲 황토 우거진 산그늘 그 곳
아직도 설렁설렁 들려오는
갈대 우거진 소리로도 날갯짓하는구나
물살에 떠밀려 온 이국 편지

때론 온통 서글픈 날 길어지고

쌍날개짓 힘받으며 새끼 기르는 한낮
그 아래 숨어 산 돌멩이
맞부딪쳐 제 살 깎는 소리 나직이 들려오네

— 〈대청호에서〉 全文

    시인이란 남들이 보지 못하는 사물을 투시(透視)하는 능력을
가진 존재를 가리킨다고 여긴다. "어미 원앙은 떠돌이였네/ 창
공을 나는 새도 먹을 걱정 옷 걱정하느냐/ 나무숲 황토 우거진
산그늘 그 곳/ 아직도 설렁설렁 들려오는/ 갈대 우거진 소리로도
날갯짓 하는구나/ 물살에 떠밀려 온 이국 편지// 때론 온통 서글
픈 날 길어지고// 쌍날개짓 힘받으며 새끼 기르는 한낮/ 그 아래
숨어 산 돌멩이/ 맞부딪쳐 제 살 깎는 소리 나직이 들려오네" 하
는 이 시의 콘텐츠는 실로 빼어난 시인의 이매지네이션(상상력)
이 번뜩이고 있다. 남이 모두 함께 바라보고 있는 콘텐츠(내용)
를 시라고 써놓아 본들 과연 무슨 가치가 있을 것인가. 남이 지금
까지 찾아내지 못한 '이미지의 세계' 를 꿰뚫어내어 새롭게 써낼
때 그 시의 참신한 새로운 창작성과 존재 가치가 성립되기 마련
이다. 남들이 눈으로 보지 못하는 것을 끄집어내서 아름답게 보

여줄 때 우리는 그 시인을 유능하다고 평가하게 된다. 시인이란 새로운 노래(서정시)를 창작하는 자랑스러운 작업인이다.

영국 시인 엘리엇(T.S Eliot, 1888 ~ 1965)은 시창작의 현장을 '작업장'으로 비유하면서, 동시에 시비평 방법으로서의, '워크샵 크리티시즘'(workshop criticism, 작업장 비평)을 주창했다. 그것은 타성적이며 진부하고 고루한 종래의 낡은 시작(詩作) 행위를 탈피하여 참신한 새로운 시의 경지를 구축하자는 것이었다. 이것은 엘리엇의 신고전주의(新古典主義) 문학론의 전개 과정에서 등장한 방법론이기도 했다. 즉 소재가 낡았다 하여 작품의 내용이 낡은 것은 아니다. 기존의 제재(題材)를 가지고 얼마나 새롭게 쓰느냐 하는 것에, 그 시인의 능력을 평가할 수 있다는 것에 포인트를 맞추고 있다. 진실을 진지하고 경건하게 천착하고 있다. 자못 감동적이다. 이와 같은 발상과 공감되는 것이 삶의 진실을 추구하는 시적 자세이다.

박지현 시인이 앞으로 더욱 열성적으로 시어를 갈고 다듬어 나간다면 모름지기 그의 시세계는 한국 현대 순수 서정의 시세계 형성 속에 빛나는 성과를 거둘 수 있으리라는 큰 기대를 걸어두련다. 정진, 또 정진할 것만이 남은 과제이다. 그것은 곧 한국 시단을 빛내는 눈부신 작업이 아닐 수 없다.

박지현 제3시집

상추에게

·

지은이 / 박지현
펴낸이 / 김재엽
펴낸곳 / 한누리미디어
디자인 / 지선숙

·

121-840, 서울시 마포구 서교동 395-13 서원빌딩 3층
전화 / (02)379-4514, 379-4519
Fax / (02)379-4516
E-mail/hannury2003@hanmail.net

·

신고번호 / 제300-2006-61호
등록일 / 1993. 11. 4

·

초판발행일 / 2008년 4월 30일

·

ⓒ 2008 박지현 Printed in KOREA

·

값 7,000원

※잘못된 책은 바꿔드립니다.
※이 시집은 충청북도 문화예술진흥기금의 일부를 지원받아 제작되었습니다.

ISBN 978-89-7969-320-1 03810